Conan o Bárbar:
Terceira Parte

Erika Sanders

Serie
Conan o Bárbar Vol. 9 ao 12

Imaxe de portada: @katalinks, 2023

Primeira edición: 2023

Sinopse

Coñece as mulleres da vida de Conan como nunca che dixeron antes...

Despois de novas aventuras e novos triunfos, Conan e o seu grupo regresan á cidade na que agora está a súa casa, Tarantia.

Volver faráche perder as aventuras? Ou será mellor do esperado?

Esta publicación contén os volumes do 9 ao 12:
9 - Astrid
10 - Xaltana
11 - Yasimina
12 - Cassandra
Nova serie baseada nas obras de Robert E. Howard.

(Todos os personaxes teñen 18 anos ou máis)

Nota sobre a autora:

Erika Sanders é unha coñecida escritora internacional, traducida a máis de vinte idiomas, que asina co seu apelido de solteira os seus escritos máis eróticos, lonxe da súa prosa habitual.

Índice:

CONAN O BÁRBAR
TERCEIRA PARTE
ERIKA SANDERS

CAPÍTULO IX
ASTRID

"Síntoo", dixo Astrid, "pero o único que aquí ten aquí son os plans que solicitou o seu grupo. Adriana non está aquí; témome que che enganou para que creas que era..." ela ruborouse lixeiramente. mirando para o chan, "... aquí para outro propósito. Non é o caso".

Conan, por suposto, sorprendeuse ao abrir a porta da casa de Adriana para descubrir alí á muller anana, en lugar do comerciante.

Só a súa presenza facía improbable que pasase algo interesante, e agora confirmara que Adriana non estaba para nada, e que non a esperaba.

"Entón, que pasou?" preguntou, aínda sen saber como se estaban desenvolvendo os acontecementos.

"Deberías entrar", dixo ela, en vez de responder, aínda tendo dificultades para mirarlle a cara.

Iso era claramente algo que ela estaba incómoda discutir, pero polo menos parecía avergoñada, máis que enganosa.

"Os plans que pediron están aquí", engadiu.

"Pensei que lle ías dar a Snagg . A túa familia non insistiu niso?"

Ela asentiu coa cabeza, os ombreiros caídos, pero non dixo nada máis ata que chegaron á sala principal da casa.

Era un gran espazo aberto, cun balcón enriba, cun sofá, e numerosos coxíns e mesas.

Astrid achegouse a unha cómoda dun lado, onde estaba unha caixa de madeira tallada.

Colleu a caixa con cautela, suxeitandoa preto do peito.

"Non debes dicirlles", dixo ela, mirándoo agora con ollos implorantes, "Prometínlles que lle daría isto só a Snagg . É un coñecemento anano, aínda que el pode dicircho. Polo que dixeches, espero. farao, pero debe ser "A túa decisión, non a miña. Ten unha pechadura de deseño enxeñoso... Adriana sabería abrila, xa que ten experiencia na artesanía anana, pero espero que ti non".

Conan pensou que era totalmente posible que Zula atopase un xeito de abrir a pechadura, pero non o mencionou.

Despois de todo, era improbable que fose necesario.

"Pero, aínda así, debo pedirche que non o intentes. Debes dar isto directamente a Snagg mañá pola mañá. Xa estou incumprindo a miña promesa dándochelo... se saíu, non sei que sucedería".

Ela parecía moi preocupada, así que o guerreiro asentou coa cabeza.

"Por suposto, prometo, nin sequera tentarei abrilo. Pero non me explicaches o que está a pasar. Por que non lle dás isto directamente a Snagg ? Por que estás aquí ?"

"Adriana..." comezou, ruborándose de novo, "Eu quería..." ela apartou a vista del, aparentemente incapaz de enmarcar as palabras, "Quería coñecer mellor a Snagg . En... privado. Entón ela Tiñamos "Tiña que buscar algún xeito de facerlle chegar a caixa a un de vós, e pensou que vós... que poderías convencerte de vir aquí, onde cho podía dar".

O concepto era o suficientemente estraño que Conan tardou un tempo en dixerilo.

Se Adriana realmente quería ter intimidade con Snagg , podía ver que era moi improbable que tivese éxito.

Quizais había algo máis, pero cuestionar á pobre anana era improbable que fose moi produtivo e, en todo caso, tivo que resignarse a unha noite tranquila.

"Eu vexo... ben, non che preguntarei máis. Non é cousa miña"

E ela, estaba claro, non quería falar de tales cousas, se sabía moito delas.

"Que vai facer agora ?"

"Vou esperar aquí só... ata a mañá, supoño".

Ela suspirou de súpeto, un son desesperado.

"Non debería ter feito isto !"

Ela meneou a cabeza e cubriuse a cara cunha man, agarrando a caixa coa outra.

"Non debería ter deixado que me enganase! Que fixen?"

Conan non estaba seguro de que facer.

Se fora unha muller humana, el a consolaría, a palmearía no ombreiro ou a apertaría.

Pero iso nunca sería suficiente para unha anana, tan privada dos seus sentimentos como eles.

Pero aínda así, a tendencia natural da súa raza á taciturnidade abandonáraa temporalmente e sentiu que tiña que dicir ou facer algo.

Quizais non entenda realmente a orixe da súa desesperación, pero polo menos podería tentar axudarlle.

A muller non merecía sufrir por isto.

"Podería facerche compañía un pouco", dixo, "só para falar, se é o que queres".

"Iso sería moi amable", dixo, enxugando o que podería ser un rastro de bágoas dun ollo. "Creo que hai viño alí dentro".

Atopou a botella e uns lentes, aparentemente de fabricación anana, e colocounos nunha das mesas baixas.

Astrid colleu o sofá, mentres el sentaba diante dela nuns coxíns espallados.

Iso achegou os niveis dos seus ollos.

Ao principio, a muller anana só sentou alí, coas mans no colo, sen saber que facer.

Conan deulles un trago a ambos e deu un grolo.

"Grazas", dixo simplemente, atendendo a súa propia copa.

Ela tragouno rapidamente, obviamente aínda algo incómodo.

Tivo que distraela das súas preocupacións, e recorreu a un tema de conversa que esperaba que a distraería das supostas travesuras de Adriana.

"A túa familia pasou moito tempo aquí?" preguntou: "Clan Bardalf, non? Confeso que non sei moito sobre clans e familias ananos".

Por fin Astrid sorriu e unha mirada semellante ao alivio cruzou os seus trazos.

Era case guapa cando facía iso, reflexionou el, ou polo menos tan bonita como podería ser un anano.

"Os clans son familias extensas", dixo, "grandes grupos unidos por un antepasado común. Temos rituais que nos unen nunha unidade similar, aínda que non podo dicir moito sobre iso".

El asentiu animadamente, e ela continuou:

"Os Bardalf son un clan da cidade; levamos xeracións en Tarantia. Os nosos antepasados viñeron aquí das montañas, e a cantería sempre foi unha das nosas habilidades. Pero claro, cada clan inclúe varias profesións diferentes", deu outro grolo. do viño, "polo que a miña propia familia segue sendo albaneis, e iso é un sinal de status. Estou moi orgulloso da habilidade do meu pai".

"Entón queres ser albanel?"

Ela realmente sorriu ante iso, brevemente, mostrando un flash de dentes brancos.

"Ese é un traballo de home! Como a minería ou a ferrería. É certo, as mulleres ás veces fan esas cousas, pero non, prefiro as xoias. Creo que sería prateiro, se tivese a oportunidade".

Antes de que puidese preguntarlle máis sobre iso, ela cambiou de tema.

"E ti?"

"Ah, ben", dixo, reclinándose cara atrás, "non sei se hai moito que contar. Eu son de segunda xeración; meu pai era o lado guerreiro da familia".

Os guerreiros, por suposto, podían casar con non guerreiros, polo que moitos doutros lugares eran de segunda xeración ou máis vellos, pero por algún motivo non eran numerosos en Tarantia.

Nese momento, os guerreiros de segunda xeración non eran moi comúns e non tiñan os lazos vinculantes coas comunidades raciais que os guerreiros de sangue puro.

"Teño medo que o meu pai deixou á miña nai cando era novo. De feito, marchou da cidade, así que xa non o volvín ver despois".

Non engadiu que o seu pai, ao modo típico de aventureiro, se namorara doutra persoa e fora a estar con esa persoa.

Lembráballe a súa propia razón para estar aquí, e iso non quería.

Probablemente fose aínda máis importante deixar fóra, para el, o feito de que o seu pai marchara, non por outra muller, senón por un home.

Seguiron falando, charlando sobre isto e aquilo, e Conan atopou unha segunda botella de viño, notando mentalmente que tería que pagarlle a Adriana, aínda que, dadas as circunstancias, o seu propio comportamento apenas fora exemplar.

Cando a calor se instalou no seu estómago, atopouse mirando máis a Astrid.

A súa opinión anterior, decidiu, estaba equivocada; O seu rostro era ancho, como o dos seus parentes, pero a pesar diso, era realmente bonita.

Tiña uns grandes ollos azuis e un longo cabelo louro cun leve toque vermello, que caía polas costas nunha longa trenza coidadosamente anudada.

A súa vestimenta era modesta, por suposto, un vestido gris informe que lle chegaba ata os nocellos, pechado ata o pescozo e as mangas axustadas ata os pulsos.

Botas pesadas de coiro con sola grosa que sobresaen debaixo da saia, que parecerían incongruentes a un humano.

O vestido disfrazaba a súa figura, que sen dúbida era a súa intención, pero claramente non era unha muller delgada, aínda que que anana foi?

Os seus ombreiros eran anchos, case ananos, o que lle daba unha forma algo fornida.

Como resultado, podería parecer case masculina, pero o seu rostro era demasiado bonito para iso, e os seus peitos, polo que podía ver debaixo da roupa informe, eran sorprendentemente grandes.

Preguntouse se o viño tamén lle afectaría.

Xa tiña o suficiente para beber, aínda que os ananos tiñan bastante tolerancia ao alcohol, polo que podería ser menos significativo do que parecía.

Sen dúbida, parecía máis relaxada, sorrindo máis a miúdo, esquecendo a súa depresión e preocupación anteriores.

"Pero non sei -dixo nun momento- cantas posibilidades terei de exercer a prataría. Se meu pai atopa un pretendente axeitado, pode que non haxa tempo para unha boa carreira, a non ser que xa teña establecido nome para entón. "Podería converterme nunha nai na casa. Non estou seguro de como sería iso".

Ela parecía un pouco deprimida por iso, e el estaba preocupado de que o viño puidese deprimila.

"Impórtache?" Dixo, tomando a iniciativa e levantándose dos coxíns para sentar ao seu carón.

Non fixo ningún movemento de retirada, facendo que Conan se sentise un pouco máis envalentonado.

"Pareces tensa", díxolle, "permíteme..."

Estendeuse lentamente, poñendo unha man sobre cada un dos ombreiros de Astrid.

Ela estremeceuse ao principio, pero non saltou, nin sequera dixo nada, así que el comezou a masajear suavemente os músculos dos seus ombreiros e da parte superior das costas.

De feito, os seus músculos eran máis axustados e voluminosos que os da maioría das mulleres humanas.

Non podía dicir o que lle pasaba pola cabeza, pero o seu estaba volvendo aos pensamentos que tiña antes da noite, cando aínda estaba esperando por Adriana.

Aínda que como podería abordar o tema, non estaba seguro.

Despois de todo, nunca antes bicara a unha muller anana, nin sequera pensara en facelo.

E había moitas posibilidades de que lle resultase repugnante ese pensamento.

"Gústame a ourivería para os detalles", dixo ela de forma sencilla. "Ten moita complexidade e beleza. Podes pasar horas repasando a mesma peza, ata que estea axeitada. Require un toque tan hábil e amable. Mmm... e iso é bo", engadiu ela, achegándose imperceptiblemente a el. . e levantou a pesada trenza fóra do camiño para que puidese chegar máis facilmente á base do seu pescozo.

"Entón, gústache dedicar o teu tempo ás cousas?" preguntou, "lento, pero preciso... acertar no lugar correcto?"

"Os homes ananos non sempre son así", dixo Astrid, como evitando a pregunta directa, "tocan os seus castings, todo calor e potencia. Pero a calidade é moito mellor se todo está feito ben... o detalle nun A fina filigrana de prata pode ser case... sensual, non cres?"

Cando el non respondeu, ao principio, ela medio volta cara a el, os seus ollos azuis curiosos.

Os seus beizos eran anchos, pálidos como a súa pel e lixeiramente entreabertos.

El inclinouse cara ela, mentres ela estiraba o pescozo cara arriba, e bicouna moi levemente, apenas tocándoa.

Ela conxelouse no seu lugar, por un momento, e logo deuse a volta.

"Eu... non sei o que estaba a facer", dixo, ruborándose profundamente, "Síntoo... non quería..." esgotou, incapaz de atopar as palabras.

"Todo foi culpa miña", dixo Conan desculpándose, engadindo mentalmente que o viño tamén puido ser relevante ao final, "Non quería ofenderte".

Quitoulle as mans dos ombreiros para que xa non se tocaran.

"Se non che gustou, podo..."

"Non", dixo ela, cortándoo, "foi... foi bonito. Eu simplemente non... quero dicir, eu... non puidemos...".

Despois alcanzou a man, agarrándolle o queixo suavemente cunha man e volvendo a virar cara a el.

O seu rubor estaba esvaecendo agora, os seus ollos máis grandes.

"Non necesitas palabras", díxolle, "só isto..." e inclinouse para bicala de novo, máis tempo esta vez, sentindo os seus beizos suaves contra os seus.

Esta vez non se moveu, e cando el rodeou o seu brazo, sentindo a grosa roupa de lá contra as súas costas, parecía que se aproximaba a el.

Separáronse e Astrid respiro profundamente para calmarse.

Ela parecía a piques de dicir algo, pero detívose antes de facelo e deuse a volta, en vez de miralo aos ollos.

"Levamos toda a noite, dixo", recordoulle, "e estou seguro de que esta casa ten un dormitorio?"

***

O dormitorio estaba ben decorado, cando o atoparon, cunha cama grande con sabas que parecían suaves e acolledoras.

Conan quitou a súa bata exterior e colocouna nunha cómoda lateral xunto a unha escultura decorativa de anano.

Mirou ao seu redor e viu que Astrid se quitaba as botas e despois paraba, mirando para o chan.

Despois dun momento de silencio, ela mirou para el.

"Non sei", dixo, "debemos facer isto?"

Sentou ao seu carón, volvendo a alcanzar os seus ombreiros:

"Depende de ti", dixo, masajeándoa suavemente, "aínda que non vou finxir que, de momento, non estou nada decepcionado".

Ela dubidou, entón levoulle unha man ao queixo e tirouno para outro bico.

Sorprende o suave que estaba a súa pel, pensou, contento de que non decidira facerse ferreiro.

E que o rumor sobre mulleres ananas con barba era completamente infundado.

Cando se separaron, ela alcanzou a súa barriga, tocando o algodón da súa camisa entre o polgar e o índice.

Non fixo nada, querendo que ela dese o seguinte paso, e ela fíxoo, reunindo a coraxe para liberar a camisa e levantala ata o peito para poder quitala e poñela a carón da cama.

Os seus dedos percorreron o seu peito, desde o seu estómago ata os seus pezones, tomando lentamente a sensación do seu corpo.

O seu toque era lixeiro pero estimulante, as súas mans acariñandoo como se fose unha estatua de alabastro.

Ela inclinouse cara adiante, apoiando a testa no seu peito.

Podía sentir o seu alento cálido na súa pel, mentres ela seguía acariciándoo, en silencio.

Cunha man arredor do seu ombreiro, moveu a outra cara á súa perna, levantándolle o baixo da saia, chegando para dentro.

Os seus becerros eran robustos e redondeados, pero parecía que apenas había un rastro de graxa no seu corpo.

Lentamente, esvarou a man máis arriba, atopando unha grosa peza de lá que lle chegaba xusto por riba do xeonllo.

As súas coxas, mesmo a través da la, parecían amplas e poderosas.

Cando el acariñou a súa coxa, ela interrompeu os seus propios coidados e, aínda apoiada contra el, comezou a desfacer con cautela as ataduras das súas coxas.

Reclinouse cara atrás, lonxe dela, dándolle máis espazo.

Ela fixo unha pausa por un segundo, antes de quitarlle lentamente a roupa de novo.

Agora ía vestido só cos seus boxers brancos de algodón, que cubrían claramente a crecente erección debaixo.

Astrid mirouno sen palabras, pasando unha man pola coxa, facéndolle cóxegas no cabelo.

A súa erección latexaba de desexo, unha pequena pinga de líquido preseminal escurecendo o tecido na punta.

Entón, ela botouse cara atrás e tirou do seu vestido, levantándoo sobre a súa cabeza.

Ela sacudiu o cabelo antes de deixalo caer ao lado da cama e mirándoo inquisitiva, coa respiración pesada e a cara ruborizada.

Debaixo do vestido levaba unha curiosa roupa interior feita dun tecido de lá axustado.

Como xa descubrira, a parte inferior do seu corpo tiña roupa interior que lle chegaba case ata os xeonllos, pero tamén levaba unha prenda superior, moi diferente á combinación que adoitaban levar as mulleres humanas e élficas.

Era unha especie de chaleco, adiviñou, cunhas mangas curtas que lle chegaban xusto por debaixo dos cóbados e abrazábanlle con forza o corpo.

Estaba metido na banda da súa roupa interior, non mostrando máis carne que os seus brazos e pantorrillas.

Supoñía que, se había algo que dicir para iso, era que a tirantez da prenda elevaba os seus grandes peitos, acentuando a súa curva.

Estendeuse cara adiante, suxeitando un ombreiro mentres sorría con tranquilidade.

Ela aínda parecía nerviosa.

Despois pasou a man pola curta lonxitude do seu brazo.

Tiña alí o cabelo claro, liso e suave, a cor loira case invisible contra a súa pel.

Bicáronse de novo, brevemente, mentres ela pasaba unha man polo seu costado.

Mentres ela o facía, el moveu as súas propias mans cara a ela, ansioso por ver o que había debaixo da súa roupa interior escondida.

Quitou o chaleco da banda da roupa interior e levantouno coas dúas mans para deixar ao descuberto o seu estómago.

Non era delgada, por suposto, como non estaban os ananos, e o seu abdome era ancho e curto.

Non obstante, tamén estaba cortada, tan sen graxa como o resto do seu corpo.

Ela estremecía lixeiramente mentres el pasaba unha man pola súa pel suave, pasándolle un dedo polo embigo.

Lentamente, as súas mans foron baixando, ata chegar ao encaixe da roupa interior que lle quedaba, a centímetros do bulto da súa entrepierna.

Astrid respiro profundamente e tirounos cara abaixo, mirando a súa erección exposta.

Ela deu un pequeno suspiro mentres o miraba un momento, antes de pasarlle os dedos polo pelo púbico.

Suavemente, ela pasou a punta dun dedo ao longo das súas bólas, e despois polo seu eixe, finalmente descansando na punta.

Conan pechou os ollos, saboreando a sensación, deixando que tomase o seu tempo.

Ela agarrou as súas bolas na palma da súa man, despois esvarounas sobre o seu pene, apretándoo lixeiramente cando chegou á punta.

Queríaa moito, pero sabía que tiña que aguantar un pouco máis.

Ela quería tomar isto ao seu ritmo lánguido, e el ía deixala.

Abriu de novo os ollos e viu que o miraba, os seus peitos subían e baixaban baixo a la que os cubría, os ollos azuis moi ben de expectación e quizais un pequeno choque.

Volveu chegar aos costados, enganchando os polgares á base do chaleco.

Sentindo a súa necesidade, levantou os brazos, permitíndolle levantalo e quitalo.

Ela meneou a cabeza e a súa pesada trenza caeu sobre un ombreiro.

E agora ao seu lado, o broche de filigrana de prata na parte superior apoiado contra a pel espida do seu ombreiro.

Tivo que admitir que agora estaba aínda mellor do que pensaba antes.

Se todas as mulleres ananas fosen así, perdería unhas grandes oportunidades.

Os seus peitos eran grandes e redondeados, pero nada colgantes, e tan perturbadores e tentadores como os dunha muller humana moito máis nova.

Os seus pezones tiñan quizais as areolas máis grandes que nunca vira, marrón pálido contra o case branco dos seus peitos.

Decatouse de que estivera parado, só mirando para ela, contemplando a vista, e que comezaba a enrojecerse lixeiramente.

Sorriulle e tendeu a man para acariciarlle os peitos.

A pel era suave, a carne case sorprendentemente firme.

El ahuecóunos, sentindo o seu peso nas súas mans, despois deslizou os dedos ata os seus pezones.

Astrid jadeou mentres os tocaba, saboreando a dureza ardente entre o dedo e o polgar.

Ela soltou un suave xemido mentres el pasaba un dedo arredor dunha gran areola, retorciéndose lixeiramente baixo o seu toque.

Decatouse de que os seus pezones debían ser exquisitamente sensibles, e concentrouse neles un pouco máis, facéndoa berrar de deleite mentres movía un suavemente.

Entón ela presionouse contra el, bicouno apaixonadamente e empurrándoo de novo na cama.

Os seus peitos apoiaban contra o seu peito, a trenza contra o seu brazo.

O seu galo esvarou contra a suave la que cubría a súa coxa, unha sensación encantadora que o fixo boquear de pracer.

Moveu as mans polas costas dela, mentres as súas propias mans exploraban o seu corpo espido.

Despois deslizou un pola parte de atrás dos pantalóns, moldeando e apertando as nádegas axustadas.

Entón ela apartouse del, jadeando, a cara ruborizada e un pouco suada.

Ambos miráronse mentres respiraban.

Notou a humidade agora visible na la debaixo das súas pernas.

Entón ela deu a volta, dándolle outra vista espléndida dos seus peitos mentres o facía.

"Creo que deberías estar enriba", díxolle ela, percibindo o seu propósito, mentres unha man se movía ata o baixo da súa roupa interior, "por mor da diferenza de altura, se non sería incómodo".

De súpeto, porén, preguntouse se dixera o correcto, mentres ela levaba a outra man á boca, literalmente jadeando coma se estivese en estado de shock.

As súas bragas xusto no medio dunha cadeira.

—Síntoo... —dixo confuso—, dixen algo mal?

Había algún estraño costume dos ananos que non coñecía?

Que ata tivesen costumes para tales cousas parecía sorprendente.

"Non", conseguiu, despois dun tempo, logrando recuperar a compostura, "é que... non me imaxino que ningún anano permitise tal cousa. Es... ti..." loita por dicir.o que pensei nese momento.

"É a miña fantasía máis salvaxe", conseguiu finalmente.

Conan pensou que se a súa fantasía sexual máis salvaxe era, de feito, simplemente estar arriba, iso dicía moito sobre a represión sexual dos ananos.

Pero gardou os seus pensamentos para si.

"Entón esa é unha razón especialmente boa, non cres?" dixo en cambio.

Ela asentiu abraiada e rodou de lado, enfrontándoo de novo.

Pasou lentamente a man polo lado espido dela, saboreando a sensación do seu corpo e sobre a súa cadeira exposta, tirando lixeiramente do tecido mentres o facía.

Ela axudouno, entón, tirando cara abaixo e movéndose libremente, antes de tirala ao chan.

Os seus cadros eran anchos, como xa vira, e a súa entrepierna loura era grosa e notablemente peluda.

Bicáronse de novo, mentres ambos pasaban as mans pola barriga.

A súa man descansou sobre o seu pelo púbico por un momento, antes de correr pola lonxitude do seu pene de novo, movéndose cara arriba e abaixo pola lonxitude do seu membro.

A man de Conan afundiuse no seu groso arbusto, sentindo o interior das súas firmes coxas, e despois empurrando entre elas.

O coño de Astrid estaba mollado, os pelos mollados pegábanlle lixeiramente aos dedos mentres os pasaba polos beizos.

Cando el meteu un dedo dentro dela, ela soltou un berro ouveo, e a súa man agarrou convulsivamente o seu pene, apertando e facéndoo gruñir.

O seu dedo esvarou, lubricado polos seus zumes, sentindo o contraste entre os seus cabelos ásperos e a agradable humidade do seu coño.

A man de Astrid bombeou o seu pene, lenta e firmemente, mentres ela se presionou contra o lado do seu corpo, enterrando o nariz no seu ombreiro e premendo os seus magníficos peitos contra el.

"Quérote", dixo de súpeto, levantándose nun cóbado e soltando o seu pene.

El asentiu sen dicir nada que a confirmase, querendo descubrir como se sentía realmente.

Cando ela comezou a moverse, con todo, estendeu unha man de contención por un segundo e tirouna cara a el.

Bicoulle o ombreiro e a parte traseira do seu pescozo, o seu corpo xa estaba case directamente enriba do seu.

Entón el baixou, levantándoa lixeiramente para que a súa lingua puidese atravesar a suave extensión do seu peito e bicar un dos seus enormes pezones.

Ela berrou mentres os seus beizos corrían ao redor das súas areolas, e el chupaba o longo pezo, facéndoo rolar baixo a lingua.

As súas cadeiras chocaron contra el instintivamente, as súas nádegas empurrando contra o seu abdome, deixando un punto húmido.

Soltouna e ela retrocedeu, apoiándose entre os seus xeonllos, co peito axitado e a saliva aínda brillando ao seu lado.

Ela fregou o seu pene de novo, presionándoo contra a súa peluda entrepierna, fregando brevemente contra unha coxa interna.

Astrid entón púxose de xeonllos, enfrontándose a el, mentres sostiña o seu pene firmemente xusto debaixo do seu bichano húmido e esperando.

Lentamente, unha polgada de cada vez, ela baixou sobre el, soltando un longo suspiro de pracer mentres o facía.

O seu coño estaba axustado, pero non inusualmente axustado.

O seu pene parecía encaixar perfectamente, e pensou que os homes ananos non podían ser tan diferentes dos humanos dese xeito.

Astrid a cabalo del, co peito axitado e os ollos pechados, coa boca aberta e a cabeza lixeiramente inclinada cara atrás.

Era se estaba saboreando o momento por todo o que valía, extraéndoo aínda máis.

Entón ela comezou a moverse de novo, deslizándose arriba e abaixo na súa erección, jadeando e suspirando ao principio, despois mordendo o beizo e soltando suaves xemidos de puro pracer.

Non podía culpala, porque se ela sentía a metade das sensacións que el tiña, tiña todo o dereito a xemirse.

Os seus movementos eran lentos, precisos, pero estimulárono, e raramente fora estimulado así antes.

Mirou o seu corpo, admirando as súas diferentes curvas, a forma en que os seus peitos rebotaban lixeiramente, a trenza que agora esvaraba coa suor do seu costado.

El acompañouna, sentindo as súas cadeiras mentres se achaban contra el, atopando os impulsos receptivos do seu propio corpo.

Coa súa man esquerda, agarrou a súa trenza, movéndoa, mentres ela observaba lixeiramente desconcertada.

Despois rozou o seu pezón máis próximo co pelo erizado, fregándoo contra ela.

Ela berrou forte, presionando as súas cadeiras con forza sobre o seu pene.

Sabía que os seus pezones eran especialmente sensibles, e isto só demostrou ese punto.

Ela seguiu movendo contra el, os seus movementos agora un pouco máis rápidos, as pernas máis urxentes.

Conan sentiu que a presión aumentaba dentro del, sabía que non tardaría moito máis en explotar.

El suxeitou as súas cadeiras, bebendo cada tremo de paixón do seu rostro, cada movemento dos seus peitos.

Estaba moi preto...

E entón, sen previo aviso, ela saíu del, inclinándose nos seus brazos e boqueando para buscar aire.

A suor pingaba por todo o seu corpo, igual que o seu, e a súa erección palpitante aínda estaba orgullosa, resbaladiza cos seus zumes.

Ela inclinouse de novo para adiante, sorrindo, e pasou un dedo polo seu pene, limpando a humidade da súa cabeza inchada.

O seu toque era case doloroso, e el desexaba tanto volver a estar dentro dela, para rematar o que comezaran, pero iso tiña que ser para ela, xa que máis ou menos iso prometera.

Como se viu, a espera foi curta.

Pronto ela foi empurrando a súa erección dura no seu coño suave e acolledor unha vez máis, ambos jadeando de pracer.

Ela inclinouse un pouco cara adiante, os seus peitos colgando cara abaixo, presionando as mans contra a parte inferior do seu peito, sentindo a súa pel.

Agarroulle os peitos, apertando os pezones e facéndoa xemir de novo.

Agora as súas cadeiras moían con máis forza contra el, pero aínda non tiña présa.

Os movementos aínda eran lentos, sen os típicos gruñidos do sexo rudo, senón xemidos máis curtos:

"Si... si..." estaba susurrando, "oh si..."

Animábaa, as nádegas case se levantaban da cama para empurrala máis profundamente.

Os ollos de Astrid estaban moi ben, mirando para el, as súas coxas agarrándoo, os seus peitos deslizando sobre as súas mans acolledoras, os seus enormes pezones duros contra os seus dedos resbaladizos.

"Oh... si... vou..." berrou ela.

"Non pares", murmurou, case suplicando.

Pero esta vez non o fixo, e cun longo berro e sen máis palabras de auténtica felicidade chegou.

O seu coño convulsionando repetidamente ao redor do seu pene mentres el estoupou contra ela co seu propio xemido de pracer.

Todo o seu corpo tremeu, e agarrouno con forza nos seus brazos, enterrando a cara no seu peito.

A noite, sorprendentemente para Conan, fora mellor do que esperaba...

CAPÍTULO X
XALTANA

Valeria non se sorprendeu cando Conan volveu á aldea pola mañá e parecía que non durmir moito a noite anterior.

Non coñecera a Adriana, pero a inferencia sobre o que acontecera foi bastante fácil de facer.

Non obstante, foi bastante máis sorprendente darse conta de que Snagg tamén volvera a casa ao mesmo tempo.

Parecía improbable, polo que ela sabía dos ananos, que lle pasara algo semellante e, de feito, se así o fixera, tería esperado que parecese máis alegre do que en realidade parecía.

Pero en cambio, encerrouse no seu cuarto da vila, meditando por si mesmo.

Presumiblemente estaba repasando os documentos secretos dos ananos que adquirira, querendo revisalos antes de compartilos co resto do grupo.

Cando Conan regresou un par de horas despois, intentara falar brevemente co anano, incluso entrando no seu cuarto, pero fora enviado de novo, case inmediatamente, ao parecer sen moitas palabras de explicación.

Aínda así, non pasou moito tempo despois de que Snagg finalmente saíse das súas cámaras, parecía algo avergoñado, e levaba os documentos consigo.

Gran parte da escritura era anana, polo que aínda que os mapas eran razoablemente claros, en realidade axustalos ao plano da rúa probablemente levaría un tempo.

Así que deixaron isto para examinar máis os mapas con Zula, e Valeria suxerira que mentres tanto ela e Conan intentasen descubrir o que podían facer no Colexio dos Meigos.

De feito, Conan durmira a maior parte da mañá, o que suxire un certo grao de vigor por parte de Adriana, pero agora eles dous estaban cruzando o corredor cara á biblioteca do Colexio.

***

O Colexio de Feiticeiros era, en efecto, un gremio, aínda que, a diferenza da maioría dos outros da cidade, os aprendices a miúdo estudaban no recinto, en lugar de en empresas privadas doutros lugares.

O propio Conan aprendera algo de maxia aquí hai moitos anos, algo raro para un guerreiro, e Valeria só se unira ao gremio despois de completar a súa propia educación.

Era un edificio magnífico, cunha alta cúpula dourada e esveltas torres.

A maxia infundía o lugar, e aqueles sen algún talento tiñan prohibido entrar, mesmo como convidados.

A maxia dos magos requiría un estudo considerable para perfeccionar e dominar, polo que a existencia do Colexio era vital para toda a comunidade dotada de Tarantia, e un lugar que todos visitaban con bastante frecuencia.

Tamén significaba, por suposto, que o Colexio era bastante indiscriminado sobre a súa pertenza; Incluía un número non pequeno de persoas realmente bastante tediosas.

Un dos cales achegábase neste momento.

"Ah, os aventureiros", dixo Rufus, a súa rica voz ecoando no salón cavernoso.

Era un mago de mediana idade, o seu cabelo escuro comezaba a poñerse gris e xa tiña bastante exceso de peso no seu cadro alto.

"Eu escoitei que volveron... e dun anaco tamén. Que alivio debe ser para ti. Daríame o saúdo antes, pero a miña vida é un remuíño social, sabes?"

"Si, estamos bastante intactos", dixo Conan, secamente, "grazas por preguntar. Pero non queremos afastarte da túa apretada axenda. Noutra vez, quizais?"

"Que? Ah, claro. Ben, teño unha reunión co mestre universitario, e unha invitación para o palacio máis tarde na semana, para o que realmente debo preparar. Canto máis doado debe ser non coñecer a ninguén de importancia. eh?"

"Nós manexámolo ben".

"¡Ja! Seguro que o farán. Ben, un pracer verte. E verémonos en calquera momento, despois de consultar coa miña secretaria, claro".

E con iso, o tonto pomposo marchou, sen dúbida para atopar alguén máis arengado ca el.

Os dous suspiraron en silencio de alivio e dirixíronse á biblioteca.

A Biblioteca universitaria ocupaba boa parte do edificio e era, quizais, a maior colección de documentos da cidade.

A única excepción puido ser o Templo do Coñecemento, pero como só o sacerdocio tivo acceso a el, era difícil sabelo con certeza.

A garda oficial da biblioteca era unha muller pequena chamada Estari, que apareceu por detrás da súa mesa ao pasar polo arco de pedra cara á entrada.

"Boas tardes, boas tardes", dixo, co seu habitual sorriso algo nervioso, alisando reflexivamente a túnica. "Hai algo no que poida axudarche?"

Os seus ollos movéronse dun a outro, mentres unía as mans seriamente.

"Buscamos documentos sobre a historia máxica da cidade", explicou Valeria, "personalidades e acontecementos do pasado".

"Ah, si, por suposto", dixo Estari, "os nosos rexistros son extensos, como sabes. Déixame mostrar o que temos... Seguro que o atoparás máis esclarecedor. O Colexio de Feiticeiros é un deles. das institucións máis antigas da cidade, xa sabes. A súa historia é realmente moi interesante".

Evidentemente satisfeita de poder axudalos con algo, levounos polos altos estantes cargados de libros e pergamiños.

"Eu... uh... saíches recentemente?"

Parecía que intentaba conversar, coma se alguén lle dixera que así era como ser sociable, pero non era algo co que tivese moita experiencia.

A verdade, Valeria non recordaba vela en ningún outro lugar que non fose a biblioteca, normalmente co nariz nalgún tomo antigo.

Imaxinou que a muller non saía moito.

"Supoño que estarán na cidade un tempo máis, pero? Quero dicir, ¿están interesados na súa historia?"

"Si, creo que o seremos. E seguro que a biblioteca será un recurso moi útil".

"Ai Señor!" Dixo Estari, xenuinamente radiante por primeira vez.

A muller elfa reflexionou que en realidade parecía bastante bonita nese momento, pero ese momento pronto pasou.

Ela definitivamente, en realidade, necesitaba saír máis.

"Ben, aquí estamos", continuou a bibliotecaria, aparentemente aliviada de poder falar de novo dos seus negocios, en lugar da complicada lea que era a vida humana real, "estes pergamiños e pergamiños deberían ter todo o que necesitas. Hai unha mesa de lectura. ." xusto detrás desa pila. Pero se necesitas axuda, só tes que preguntar! Xa sabes onde atoparme".

Agradecéronlle e ela inclinouse lixeiramente, acenou as mans por un momento, e despois desapareceu entre as pilas, volveu á súa mesa e o que estivera lendo cando entrou.

"Non é o teu tipo, Conan?" susurrou Valeria, observando que o guerreiro nunca intentara coquetear coa bibliotecaria.

"Estarei alí?" Conan sorriu ante o pensamento: "Non, realmente non".

A continuación, o seu rostro fíxose reflexivo por un momento, "aínda que, confeso, agora estou menos seguro do que antes estaba do meu 'tipo'. Os acontecementos poden ser sorprendentes... pero", engadiu, de xeito máis empresarial . tome. , "non para iso estamos aquí".

"Moi certo", aceptou Valeria, preguntándose que quería dicir con o anterior, pero dándose conta de que non quería discutilo máis aquí.

Mirou arredor e viu que estaban nun espazo estreito entre dúas pilas altas, todas amontoadas con material escrito.

Moitos dos andeis estaban moi por encima da altura da cabeza, o que suxire que os deseñadores simplemente deron por sentada a levitación... aínda que non, presumiblemente, as saias.

Comezaron a buscar polos andeis ao alcance do brazo, actividade que levaba moito tempo tendo en conta o moito que estaban amontoadas.

Os libros eran o suficientemente sinxelos de comprobar, pero houbo que abrir os pergamiños para ver o que contiñan, e pasou bastante tempo antes de que tivesen suficiente material relevante para levar aos pupitres de lectura.

Mentres o facían, Valeria viu outro mago, que pasaba por eles, máis adiante na biblioteca.

Era unha muller atractiva, coa pel bronceada e o pelo negro ata os ombreiros, pero foi o vestido o que lle chamou moito a atención.

É certo que non había nada sorprendente que as mulleres máxicas levasen roupa reveladora.

Parecía ser unha declaración de moda popular en Tarantia estes días.

Pero, con todo, nesta muller a roupa parecía realmente rechamante.

Era un vestido totalmente branco, cunha saia que lle chegaba xusto por riba dos nocellos, pero que se abría por un lado ata a metade das cadeiras.

Cunha fenda tan ancha na base que non podía cubrir gran parte da súa perna dereita espida.

Desde o seu ángulo actual, podía ver moi pouco da parte dianteira do vestido, aínda que obviamente estaba cuberta sobre os seus ombreiros sostido por non máis que un par de tiras estreitas.

O lombo, con todo, estaba cortado por debaixo do medio das súas costas, mostrando unha extensión de pel núa e a forma interna dos seus omóplatos.

O vestido era sen mangas, pero os seus brazos non estaban espidos, xa que levaba brazaletes de ouro na parte superior dos brazos e prendas de encaixe como mangas que lle chegaban dende as mans ata os cóbados.

Unha cintura estreita rodeouno, e os ollos de Valeria detivéronse un momento, observando o balance das súas cadeiras e nádegas baixo a tea branca.

A muller virou unha esquina e marchou.

Ela e Conan miráronse, dándose conta de que ambos estiveran mirando o mesmo, sorrindo cos seus pensamentos obviamente compartidos.

"Pastes toda a mañá durmindo ", chanceou Valeria, "despois é un pouco cedo, non?"

"Non é cedo para mirar", respondeu, cun leve sorriso.

Atoparon os pupitres de lectura con suficiente facilidade e colocaron neles os documentos que descubriran.

Probablemente sería unha tarde longa, reflexionou Valeria, mentres erguía unha cadeira e abría o primeiro pergamiño para ver o seu contido con máis detalle.

***

Unha hora despois, parecían estar un pouco máis adiante.

Claramente, había moita historia por percorrer, e boa parte podería ter sido relevante para a súa busca, pero era difícil dicir cal.

Como sinalara Estari, o Colexio era unha das institucións máis antigas da cidade, e os magos que alí vivían tiñan catalogado ata ese momento moitos acontecementos.

Gran parte do que catalogou centrábase nas súas propias preocupacións, normalmente tratando de facerse soar o máis impresionante posible.

Rufus, obviamente, non era inusual nese sentido.

Pero tamén houbo referencias a eventos nos que aparentemente seres máxicos escaparan á cidade, algúns deles potencialmente perigosos.

Había relativamente pouco sobre as antigas ruínas abaixo, aínda que incluso aquí, había algunhas referencias, algunhas das cales poderían ser útiles.

Valeria reflexionou que aínda que isto pode levar moito tempo, probablemente non sería unha completa perda de tempo.

Levantouse, endereitando as costas despois de estar demasiado tempo sentado.

"Verei que máis podo atopar", dixo, recollendo os documentos que xa tiña rematados.

"Volverei nun momento". Conan asentiu e ela volveu ás pilas da historia.

Remataran moitos dos estantes inferiores, así que despois de devolver o que xa tiña, Valeria estirou o pescozo para mirar algúns dos que estaban por riba da altura da cabeza.

O seu ollo captou case de inmediato o lombo dun libro, gravado cun patrón que semellaba un pouco unha fervenza, aínda que o tinte azul xa estaba algo esvaecido.

Podería ter información sobre as fontes de auga debaixo da cidade, aínda que había outras ducia de posibilidades.

Estaba un pouco alto, polo que estirou os dedos dos pés e estendeu un brazo por riba da cabeza.

"Permíteme", dixo a voz dunha muller, en tons agradablemente fermosos.

En canto falou, o libro comezou a retorcerse, soltĕndose dos seus veciños, e logo flotando no aire, deténdose preto da man de Valeria.

"Grazas", dixo collendo o libro, un pouco avergoñada de non pensar en facer o mesmo.

Pero entón, pensou que non estaba fóra da súa liga, e probablemente podería telo tratado do xeito convencional.

Volveuse para mirar ao seu benefactor, recoñecendo á muller que ela e Conan admiraran antes.

De preto, era, se acaso, aínda máis bonita.

A súa pel estaba lixeiramente bronceada e, polo que podía ver, tiña unha tez impecable, que contrastaba e acentuaba o branco puro do seu vestido.

Os seus ollos eran escuros, enmarcados por pestanas suaves, os beizos cheos e o nariz agradablemente redondeado.

Agora podía ver que o vestido tiña un corte case tan profundo na parte dianteira coma nas costas, un amplo escote triangular que chegaba ata a curva superior dos seus peitos e unha fenda estreita que baixaba por debaixo da base do esternón.

O tecido axustado abrazaba a súa figura, o oco na parte dianteira mostraba a pel núa da curva interna dos seus peitos.

Abaixo, a parte dianteira do seu cinto estaba decorada con adornos de prata e unha fibela ampla, pero Valeria levantou inmediatamente a cabeza para mirar unha vez máis o rostro da muller, sen querer aparecer demasiado adiante.

Con sorte, como humana, non se decatara de que podería ter este tipo de efecto noutra muller.

"Creo que son os aprendices", dixo a muller, "ás veces só poñen as mellores cousas fóra do seu alcance como broma. Pero despois, deixan todo un lío, sen sequera intentar deixalo como estaba. Chámome Xaltana. , por certo." "engadiu, tendendo a man.

"Eu son Valeria. Encantado de coñecerte".

A man de Xaltana era morna e suave, a pel dun mago, non dun traballador manual.

O humano parecía suxeitala alí por un momento máis do estritamente necesario, o seu polgar deslizándose sobre os dedos da muller elfa por un segundo antes de soltala.

"Non podería dicir dos aprendices", dixo, "adestrame entre elfos, moi lonxe. Facemos as cousas un pouco diferente".

"Así que me dixeron", respondeu Xaltana, subindo lixeiramente a comisura da boca coma se fose unha broma privada.

Valeria preguntouse se sabía sobre os hábitos sexuais dos elfos despois de todo; Non era precisamente un segredo, pero, nesta cidade, non parecía de coñecemento común.

"Había aquí unha instrutora de elfos, cando eu era aprendiz. Ela ensinoume moito".

"O meu colega estudou aquí durante un tempo", dixo Valeria, facendo un aceno en dirección aos pupitres de lectura, invisibles detrás dun dos estantes altos. "Pero iso foi hai moito tempo. Aínda que é un guerreiro..."

"...Máis vello do que parece", rematou Xaltana para ela, e ambos sorrín de súpeto, sen motivo.

A elfa decidiu que lle gustaba esta muller humana, coa súa fermosa voz e pel suave, o seu sorriso fácil e os seus dentes perfectos brancos coma o seu vestido.

"Non obstante, podo dicirche unha cousa sobre os aprendices de aquí", continuou, "aínda que non sei se o teu amigo era o mesmo cando estaba aquí: é unha marabilla que teñan algunha educación máxica, pasan tanto tempo. beber, facer chistes e pensar no mundo "sexo oposto".

"Iso definitivamente soa a Conan", coincidiu Valeria, "polo menos en parte. Non creo que el cambiou tanto! Entón, e ti?"

"Queres dicir, que fago, ou era eu como os outros aprendices daquela?"

Como ignorando completamente a primeira posibilidade, continuou:

"Ben, non podo dicir que son inocente. Pero o instrutor elfo que mencionei abriume as portas a algunhas posibilidades moi interesantes para min. Así que non podo, con toda honestidade, dicir que o meu tempo estivo necesariamente cheo de pensar o sexo oposto, si." Entendes o meu significado".

Valeria sentiu os ollos da muller postos nela por primeira vez.

A súa mirada viaxou definitivamente polo corpo da elfa, tomando a forma das súas cadeiras e cintura, para despois moverse lentamente cara arriba, para rematar de mirala aos ollos.

—E —dixo Xaltana— moitas veces desexo poder volver a aqueles tempos, vivilos de novo, por así dicilo.

Onna apareceu inmediatamente na súa mente nese momento.

Por suposto, non estaban oficialmente "xuntos": vivían separados e, en calquera caso, a sociedade humana non recoñecería tal cousa.

Pero a amizade que compartiran dende hai tempo adquiriu unha dimensión nova e máis rica.

Onna tamén estaba mellorando na cama, aprendendo exactamente o que excitaba a súa parella, superando a inhibición de toda a vida contra as relacións entre persoas do mesmo sexo.

Para os elfos, as relacións breves con outros compañeiros non eran nada raro.

De feito, reflexionou, Conan parecía un bo exemplo diso para pasar de ser un guerreiro humano.

Pero para ela tampouco había nada de raro.

O único que estaba mal visto era tratar de manter relacións longas con dúas persoas ao mesmo tempo e, polo demais, bastante difícil de manter.

O cariño que sentía por Onna era real, pero, na cultura élfica, iso non significaba que non puidese experimentar a outra persoa, fose home ou muller.

Sentíase ben con iso, pero preguntouse se Onna sentía o mesmo.

Era humana, criada con xeitos e costumes humanos.

Ela xa se librara dun, pero iso non significaba que estivese preparada para toda a gama de tradicións élficas.

Os humanos tiñan unha vida útil moito máis curta, por unha banda, e tendían a pensar as cousas de forma diferente.

Conan nunca parecía ter un problema con iso, pero tampouco tiña socios estables, o que, quizais, marcaba a diferenza.

Mentres reflexionaba, Xaltana encrebou o cabelo distraídamente cun dedo, despois soltouno, deslizando o dedo pola base do pescozo ata o escote visible a través do seu vestido escotado.

Valeria atopou os seus ollos seguindo o movemento, observando como descendía máis abaixo, descansando entre a suave pel dos peitos de Xaltana, apuntando cara abaixo coma unha invitación a explorar máis.

Mirou de novo para o rostro da muller e viu que a punta dunha lingua rosa pasaba polos seus beizos.

"Vei ver o que podo facer", dixo para si mesma rouca, "onde podemos atoparnos?"

***

En canto quedaron sós no cuarto, Valeria colleu entre as mans a cara de Xaltana e plantoulle un bico cheo nos beizos.

O mago xa a estivera encendendo, e non podía esperar máis para explorar máis do seu corpo.

Fora bastante difícil evitar que as súas mans xogasen mentres camiñaban polo corredor.

Mentres se bicaban, sentiu que as mans da súa parella deambulaban polas súas costas, apertando unha nádega mentres se apoiaba na porta para pechala.

"Só un momento", ahogou Xaltana, solténdose dos bicos de Valeria por un segundo.

Quitou a man dos cadros do elfo e empuxouna contra a porta, facendo un xesto complicado.

Houbo un breve resplandor de luz ao redor do marco da porta cando o feitizo de bloqueo entrou en vigor, garantindo que non fosen interrompidos.

Estaban nos cuartos dos aprendices, nun pequeno cuarto que actualmente estaba desocupado, á espera de que chegase un novo alumno ao colexio.

Valeria adiviñou que a habitación traíalle máis recordos á súa parella, da súa primeira experiencia facendo o amor coa outra muller.

Iso parecía un pouco raro, como se estivese a usurpar o lugar doutro, pero como a muller era tan atractiva e disposta como Xaltana, estaba disposta a pasar por alto iso.

Axiña volvéronse a bicar, os corpos apretados uns contra os outros, os dedos pasándose polo pelo, as linguas entrelazadas.

Xaltana manobrou o elfo cara á pequena cama, empurrándoa suavemente sobre ela.

Pouco máis había na sala máis aló dunha mesa, uns andeis baleiros e unha pequena lareira sen luz.

Unha pequena fiestra no alto da esquina proporcionaba luz.

Ambos poderían ter creado por arte de maxia máis luz, pero non había necesidade.

Cando Valeria volveu deitarse na cama, sentindo o colchón rechinar debaixo dela, Xaltana liberouse do bico.

A través dela podía ver o seu rostro, os beizos lixeiramente entreabertos, mentres pasaba as mans polos suaves flancos da elfa, sentindo as súas cadeiras e a forma das súas pernas. baixo o seu vestido.

Alcanzou o bordo da súa saia e levantouno sobre os xeonllos de Valeria, despois axeonllouse no chan alfombrado para bicar a parte traseira dun becerro esvelto.

Valeria pechou os ollos mentres Xaltana continuaba a acción, acariñando o lado da súa perna cunha man e bicando o interior mentres o facía.

Suspirou lixeiramente cando a muller chegou á pel sensible da parte traseira dos seus xeonllos, e despois continuou na súa coxa.

Abrindo os ollos para mirar de novo, viu desaparecer a cabeza de Xaltana debaixo dos dobras da saia, os bicos arrastrándolle por dentro da coxa, cada vez máis preto da súa ingua.

"A seda mancha facilmente", dixo de súpeto, mentres a súa compañeira comezaba a mordisquear o baixo das súas bragas.

Xaltana parou amablemente, sacou a cabeza da saia e sentouse na cama ao seu carón.

"Cheiras ben", dixo, presionando o nariz na base do pescozo de Valeria, o alento cálido perturbaba os cabelos curtos alí.

A elfa non fixo máis movementos pola súa conta, á espera de ver que pasaría despois.

Xaltana rodeou a súa cintura cun brazo, agarrando coa súa man da elfa mentres o facía.

Bicou a base da mandíbula de Valeria, despois subiu, a lingua movendo con habilidade o exterior da orella, deslizándose sobre a punta puntiaguda, e despois bicouna, suave coma unha bolboreta.

"Mmm... bos recordos", suspirou.

A elfa murmurou algo en resposta, algo sen importancia e que significaba pouco, entrelazando os seus dedos cos da súa compañeira.

Ela inclinouse cara adiante mentres Xaltana estiraba a súa man para desfacer as ataduras da parte de atrás do vestido, deslizando os brazos fóra das mangas longas.

A muller humana fixo unha pausa mentres o facía, pasando unha man pola parte superior do brazo de Valeria, despois polo costado, baixo o vestido, presionando a pura seda contra a súa pel, os dedos quentes e suaves.

Valeria quitou o resto da saia, soltou a outra man e deuse a volta para bicalo de novo nos beizos á súa parella.

O bico demorouse durante moito tempo mentres as mans de Xaltana percorrían o seu corpo, explorando ansiosamente; acariñando as súas cadeiras, acariñándolle as coxas, despois estendendo a man para apertar un peito a través do fino tecido, sentindo os pezones tensos da muller elfa.

Cando por fin rematou o bico, Valeria botouse cara atrás para ver mellor ao seu amante.

Parecía tan fermosa coma antes, ou aínda máis agora, cos seus ollos escuros ben abertos de paixón.

A elfa pasou un dedo pola base do pescozo, sentindo a pel suave e deslizándose pola súa fronte ata o amplo escote tan abertamente exposto.

Ela moveu o dedo entre os peitos do humano, tomándoa un pouco, deslizando unha man polo estreito espazo do vestido para sentir a parte inferior, a inchazón da pel suave cómoda contra a palma da súa palma e as puntas dos dedos.

Bicáronse de novo, brevemente, mentres Valeria enganchaba os tirantes do vestido de Xaltana sobre os seus ombreiros, permitíndolle á muller liberar os brazos e deslizar a tea branca cara abaixo para engurrala na cintura.

Os peitos espidos de Xaltana eran tan perfectos como prometeran, bronceados como o resto do seu corpo, claramente un ton de pel natural, non froito da luz solar.

Os seus pezones eran de cor marrón escuro, puntiagudos e tentadores.

Explorounos por completo coas dúas mans, sentindo a forma e firmeza das mesmas antes de agacharse para bicalas, facendo berrar de pracer a Xaltana mentres lambía os pezones coa lingua, xogando e acariñando unha antes de pasar á outra.

Mentres o facía, a súa compañeira xa estaba tirando do seu slip, levantándoo sobre as súas costas, e ela viuse obrigada a interromper as súas funcións para levantala sobre a súa cabeza, liberando o seu longo cabelo loiro.

"Encantador", dixo Xaltana, mirando o corpo da elfa, ataviada só coas súas bragas curtas.

Inclinouse, máis baixo do que Valeria esperaba, bicándolle o embigo, movendo un polgar sobre a parte superior das bragas, deslizándose ata o ángulo interior das súas cadeiras.

Moveuse cara arriba, presionando os seus beizos contra o pezón dereito do elfo, chupándoo levemente mentres movía unha man para acariciar a outra.

Valeria suspirou, movendo a cabeza a un lado para ver como a outra muller chupaba, e movendo unha man á copa e acariñando un dos peitos colgantes da súa parella.

O momento foi exquisito, tenro e cariñoso, que ela quería seguir e seguir disfrutando.

Bicáronse de novo, os seus peitos presionando un contra o outro.

Valeria inclinouse para tirarlle a saia da súa parella por riba das súas cadeiras, agarrándolle as coxas mentres se deslizaba ao chan, pousando xunto aos zapatos que xa se quitaran os dous.

As propias mans de Xaltana alcanzaron as súas bragas, e levantouse lixeiramente da cama para facilitar a súa retirada, apoiándose cara atrás para descansar nas mans e nas nádegas.

"Oh", dixo Xaltana, a súa mirada percorrendo cada centímetro do corpo da elfa, deténdose agora entre as súas pernas.

A súa man seguiuna cara abaixo, sobre a delgada barriga de Valeria, o montículo do seu sexo, sentindo alí o mechón de cabelo loiro.

A continuación, ao redor do interior das súas coxas, para acariciar suavemente os beizos do seu coño.

Valeria abriu máis as pernas, dándolle á súa parella unha mellor visión... e un mellor acceso.

Ela jadeou involuntariamente mentres o dedo da muller esvarou dentro, movéndose con habilidade contra os seus pregamentos inchados.

Afondou máis, sondeando a súa carne, buscando os movementos que trouxeron as mellores respostas, atopando o seu clítoris.

As súas cadeiras retrocedéronse en resposta, permitindo que o dedo de Xaltana empurrase ao ritmo dos seus movementos, e ela comezou a boquear e xemir mentres o pracer aumentaba.

A muller humana era sen dúbida boa nisto.

Ela levantou un brazo para coller as costas de Xaltana, clavándolle as uñas no ombreiro, agarrándose con forza mentres seguía a tatear.

Caeron sobre o colchón, cara a cara, e Xaltana soltou, levantando o dedo para presionalo contra os seus beizos, lambendollo un segundo antes de pasarllo ao duende, animándoa a lamber os seus propios zumes.

—Ti tamén sabes ben —dixo Xaltana—, non cres?

Valeria simplemente sorriu en resposta, inclinándose para bicar os fermosos peitos da muller unha vez máis, antes de baixar máis lentamente.

Baixou as pernas da cama cando chegou ás bragas brancas de algodón de Xaltana, tirándoas cara abaixo, deixando a humana vestida máis que as mangas de encaixe nos seus brazos inferiores.

O seu pelo púbico era escuro, pero non demasiado espeso, e o seu coño estaba húmido e parecía acolledor.

Bicou os pregos inchados cos beizos primeiro, facendo que a muller se retorcese, ata que levantou as pernas sobre os ombreiros do elfo para darlle un mellor acceso.

A súa lingua seguiu, indagando profundamente na molladura de Xaltana, saboreando o seu sabor.

A muller humana implorou algo sobre a deusa mentres o elfo seguía lambendo, deixando escapar ruídos suaves entre os duros pregamentos.

Valeria levantou a vista para ver os seus peitos moverse, e despois succionou con ansia o seu clítoris, provocando o xemido máis longo ata agora.

"Por favor... por favor..." berrou Xaltana, "querote... necesito darche pracer... facerte...".

A idea nunca se conseguiu, xa que Valeria, ao sentir a necesidade da muller, volveu subir á cama para deitarse ao seu carón.

Bicáronse unha vez máis, Xaltana saboreándose agora nos beizos do duende, as mans percorrendo o corpo do outro, acariñando e amasando peitos, costas, nádegas e coxas, movéndose entre as súas pernas ata a quente húmida interior.

A pel de Xaltana era suave, lisa e acolledora baixo a punta dos seus dedos, os duros pezones presionando contra o seu corpo.

Valeria non podía pensar en outra cousa que en posuíla, en facer chegar a esta fermosa muller nos seus brazos.

Elixiron meter os dedos un no outro no mesmo instante.

Valeria sorría ante a sincronía se un bico apaixonado non fora tan profundo nese momento.

Axiña atoparon un ritmo mutuo, os dedos movéndose ao unísono, as cadeiras presionando xuntos e os peitos deslizándose uns sobre os outros na súa suor cada vez máis esvaradío.

Xaltana foi a primeira en deixar de bicar, xadeando con demasiada forza para conter a respiración por moito tempo, e logo chorando con xemidos na gorxa.

A súa man movíase máis rápido mentres o facía, con máis forza, ata que os berros de paixón de Valeria se mesturaron cos seus.

Ardíalle o clítoris, e con tanta seguridade como o da súa parella.

O pracer compartido era esmagador, quitando todo o demais da súa mente.

Sentiu a coña de Xaltana contraerse uns segundos antes da súa.

A muller humana berrou nos inicios do seu orgasmo mentres presionaba o seu rostro na curva do pescozo de Valeria, o cabelo loiro mesturado coa escuridade.

Ondas de pracer invadiron o seu corpo mentres veu en resposta.

As súas pernas entrelazáronse mentres as sabas se revolvían contra o corpo retorcido do elfo.

Finalmente, ela respiro profundamente e agarráronse con forza, compartindo o brillo post-orgásmico.

Tería que volver a Conan pronto... pero quizais podería esperar un pouco máis.

CAPÍTULO XI
YASIMINA

O palacio do emir estaba preto do centro da cidade, coas súas tres cúpulas douradas tan distintivas como os minaretes dos templos máis grandiosos.

A partir de aquí, os gobernantes de Tarantia administraron a cidade e reclamaron lealdade ás terras máis dispersas ao seu redor.

O pazo daba a unha gran praza, preto do mercado, que era a alma da cidade.

Ningún visitante podía deixar de quedar impresionado, o emir e o seu goberno fixeron unha declaración clara sobre a riqueza e o poder do seu dominio.

Lady Yasimina estivera aquí moitas veces antes, pero esta vez tivo que admitir que sentía un pouco de medo.

Polo que Conan e Valeria descubriran no Colexio de Feiticeiros, a ameaza mencionada nos documentos antigos era moi real.

O Colexio nunca mencionou directamente estes acontecementos, o que sen dúbida explicaba por que este aspecto da historia era tan descoñecido, pero corroboraba moito o que dicían os vellos pergamiños.

Referíronse, en parte, a un momento no que a influencia demoníaca na cidade fora forte, e logo esvaeceuse de súpeto sen razón aparente, e despois foron despedidas como resultado de pouco máis que a crecente e menguante naturalidade dos poderes infernais.

E quizais foi así; Sen probas directas para apoiar a historia dos vellos aventureiros, era difícil sabelo con certeza.

Pero Yasimina dubidabao agora, e inclinouse a aceptalos como reais.

Polo menos, agora era imperativo comezar a explorar os antigos túneles debaixo da cidade.

Se por casualidade todo fose unha fábula, iso pronto quedaría claro, pero agora se acumulaban demasiadas evidencias para crer que era improbable.

O que a levou ás súas dúbidas actuais.

Supostamente, a forza infernal nas profundidades, fose exactamente o que fose, comezaría a influír nos dirixentes da cidade nun intento de reafirmar o seu dominio.

Algúns deles serían entre bastidores, persoas secundarias, que poderían acadar os seus obxectivos cun aceno tranquilo aquí e alí, pero algúns serían sen dúbida os líderes visibles.

Despois de todo, por iso os aventureiros que escribiron os documentos orixinais supostamente tiveron que fuxir da cidade sen deixar un aviso máis claro.

Entón, en quen podía confiar?

Foran influenciados os líderes do gremio ou os sacerdotes do templo?

Que pasa coas familias nobres, os xefes burocráticos e militares ou o propio emir?

Con todo, aquí estaba ela, respondendo a unha invitación a unha recepción no palacio, precisamente onde estaría tamén esta xente.

Ela alegrouse de ver, mentres subía os chanzos baixos ata a gran fachada con columnas do edificio, algunhas das poucas persoas nas que sabía que podía confiar.

Sir Arthur e o pai Kaleb non eran só os seus amigos, senón que tamén eran seguidores de Ymir, o deus da cabalería, tal e como ela.

Os poderes de Ymir, dotados aos seus paladíns e clérigos, fixeron que fose moito máis fácil para eles detectar e resistir a maxia infernal.

Se algún ser demoníaco quixese apoderarse da cidade, sería moito máis doado facelo mantendo lonxe dos sacerdotes de Ymir, evitando o risco de ser detectado precozmente.

A longo prazo, sen dúbida querería marxinalos, ou mesmo derrotalos rotundamente, xa que serían inimigos, non peóns.

Sir Arthur tiña aproximadamente a súa idade, un paladín coma ela, aínda que era local, non das illas do sur.

Ela coñecíao desde hai moito tempo, case desde a súa chegada á cidade, e el fora un amigo duradeiro e constante, aínda que os seus días de aventura facían que ela o vise menos do que lle gustaría.

El ía vestido agora, coma ela, con roupas caras, non a armadura do seu oficio, pero o rico veludo da súa roupa non podía ocultar a amplitude dos seus ombreiros, nin a musculatura do seu corpo.

Tamén era guapo, con trazos finamente cicelados e cabelos lisos e escuros, e uns ollos castaños que delataban unha firme determinación de loitar pola xustiza e a honra.

Moitas mulleres, estaba segura, caeran baixo os seus encantos, pero os seus votos como paladín deixaríanas decepcionadas.

O código da súa orde non impoñía o celibato como tal, pero tampouco fomentaba o libertinaxe.

Os desexos carnais debían cumprirse mediante o matrimonio ou, como mínimo, compromisos a longo prazo e unha estrita monogamia.

Se non fose polos seus ideais de amor romántico compartidos, sospeitaba que as igrexas de Ymir e Muriela estarían constantemente en desacordo.

Por así dicilo, as relacións eran pouco máis que cordialidade formal.

Por suposto, tamén era paladín, e fixera os mesmos votos, mantendo a súa virxindade mentres o era.

Cando saudou a Arthur e aos demais, e eles entraron no salón principal do palacio, sentiu case unha punzada de arrepentimento por iso.

Non era como Conan ou Valeria, cuxos moitos breves encontros parecían seguir a moral dos seus parentes elfos.

Máis aínda, pareceulle a ela, con Conan, a pesar do gran peso da súa herdanza humana.

Zula, a quen non coñecía. quizais era máis discreta, aínda que parecía pouco probable que o canalla se preocupase demasiado pola moral convencional.

Pero para ela, o código paladín era de vital importancia, definindo o seu papel, non só na aventura, senón no mundo en xeral.

Os paladíns loitaron contra a inxustiza e as forzas do mal.

A cambio, fixeron sacrificios polo ben maior.

Pero esa pequena voz de arrepentimento aínda dicía que lle gustaría coñecer mellor a Arthur, como algo máis que un amigo.

Era, ao fin e ao cabo, unha muller, con desexos de muller, sen importar a máscara exterior que mostrase ao mundo.

Quen non podía evitar sentirse atraído por un home tan guapo e tan honrado, pensou ela?

Pero ela non sería quen era se non puidese reprimir eses pensamentos e dirixir a súa mente a cousas máis elevadas.

A honra, despois de todo, implicaba moitas veces facer sacrificios persoais...

O padre Kaleb, o mozo crego, ela sabía menos, xa que só fora ordenado un par de anos antes.

Pero se era un amigo íntimo de Arthur, tiña que ser un membro valente e recto da igrexa, algo que o seu amigo nunca lle dera motivos para dubidar.

Nesta ocasión formal, vestía a túnica do seu rango, o emblema da espada e o casco de Ymir que destacaba sobre o seu corazón.

O último membro do trío foi unha persoa que coñeceu por primeira vez cando convidou aos outros dous á vila hai unhas noites.

Alatáriel foi o último escudeiro de Arturo, un mozo elfo que aínda non pronunciara os seus votos como paladín.

Era bastante inusual que os elfos tomaran ese camiño, pero non era descoñecido, xa que a súa especie tiña importantes tradicións de cabalería, se non necesariamente constancia.

Esperaba que a moza tivese a forza para o camiño por diante, pero confiaba nos demais para guiala adecuadamente.

"Yasimina!" Arthur dixo, sorrindo: "Estou contento de ver que puideses facelo. Dixeches a última vez que nos vimos que podería xurdir algo que podería poñerte de novo no camiño dos aventureiros pronto?"

"Si, iso aínda é certo", admitiu, mentres camiñaban xuntos cara ao palacio, e o padre Kaleb mostrou a invitación aos gardas, "pero temo que non podo falar máis diso aquí. Aínda que teño que contarllo. ti que poidamos necesitar "A túa axuda cando chegue o momento. Gustaríame non ter que ser tan discreto, pero este non é o lugar para explicar máis".

El asentiu, aínda que claramente non o entendía completamente.

Con todo, parecía que polo menos confiaba no seu criterio, e iso tería que ser suficiente polo momento.

Dentro, había unha serie de convidados no salón, mentres os músicos tocaban de fondo e os criados apresuráronse a repartir comida e bebida.

Tales recepcións eran habituais, xa que o emir quería mostrar a súa influencia aos demais nobres e altos funcionarios da cidade coa maior frecuencia posible.

Este acto foi en homenaxe a algún ou outro dignatario da Confederación zamorana do nordeste, pero parecía que case calquera escusa serviría.

De feito, había entre os convidados unha serie de zamoranos, facilmente distinguibles dos veciños, e mesmo aqueles convidados das cidades veciñas, pola súa pel de ébano e o seu cabelo ben rizado.

Como todos os que estaban aquí, ían vestidos de mellor xeito, e ela sospeitaba que o seu negocio aquí era principalmente o comercio, porque os zamorinos eran ricos, e a extensión do deserto entre a súa casa e Tarantia significaba que pouco máis tiñan por que pasar. .

"Ah, un cura do perdón! É bo ver a xente así sendo honrada aquí", dixo unha voz próxima.

Yasimina virou-se para ver un home de Zamoria, cos dentes brancos que sorriba e facía acenos ao pai Kaleb.

"Aquí traballamos moito pola causa da honra e da cabalería", coincidiu o cura, que se dirixían a unirse ao grupo de xente que xa conversaba co visitante. "É unha batalla que hai que librar en todo o mundo".

Os dous paladíns e o seu escudeiro uníronse ao grupo, e pronto houbo presentacións por todas partes.

O home zamoriano interesado en Ymir era un comerciante chamado Zogar, de mediana idade e algo corpulento.

Acompañábao un home que só podía ser o seu gardacostas, de máis de seis metros de altura e cos músculos abultados nos brazos espidos.

Con eles estaban dous veciños; un comerciante calvo que Yasimina só coñecía vagamente, e unha muller nova chamada Zenobia, que ela sabía que era membro dunha das casas nobres.

Tamén había un terceiro personaxe, un home máis novo que ela non recoñeceu, e non estaba claro se estaba realmente no grupo ou non, xa que se separou dos outros, apoiouse nunha mesa de caballete e golpeou un banderín .

Xa parecía un pouco bébedo, e aínda era cedo pola noite.

Yasimina mirouno con desaprobación, pero o tipo non parecía reparar mentres a súa mirada se centraba na curva do cu de Zenobia.

"Entón sodes paladíns?" Zogar preguntou : "Non fun en Tarantia antes, e sei que os seus costumes son diferentes dos nosos. Oín falar dos paladíns... Creo que son moi parecidos aos nosos propios Guerreiros Leopardos".

"Polo que entendo", dixo Kaleb, "é certo. Os paladíns son guerreiros santos, capaces de levar a luz do perdón á vida das persoas, e deduzo que os teus guerreiros leopardos son diferentes só nalgúns dos seus costumes".

"Escoitei que había poucas mulleres paladíns en Tarantia, pero vexo que non é o caso", dixo Zogar, inclinándose lixeiramente ante Yasimina. "Ou é vostede un visitante aquí mesmo ?"

"Nacín máis ao sur", admitiu Yasimina. Sabía que os seus cabelos loiros e os seus ollos azuis non eran os de Tarantia, aínda que o certo era que a cidade era cosmopolita, cunha poboación moi mixta. "Pero Tarantia é unha cidade libre, e hai moitas paladíns femininas. Levo vivindo aquí moitos anos, e quizais non sexa tan inusual como se lle fixo crer".

Nese momento, o mozo borracho parecía animarse, quizais non se decatara previamente de que había outra muller no grupo.

Mirou na súa dirección, facendo un pequeno intento de ocultar o feito de que a estaba a espiar mentalmente.

Ela mirouno, pero parecía que non lle gustaba moito o que vía, e puxo a súa atención en Zenobia.

A nova nobre era morena e máis delgada, e quizais iso fose máis do seu gusto.

Zogar, afortunadamente, non parecía notar a súa mirada ou, se o fixera, era demasiado educado para mencionalo.

Continuou suavemente a súa conversa: "As mulleres tamén poden converterse en campioas na miña casa, aínda que non é tan común como cos homes. Se un escoita a chamada, non debe ignorarse".

"Pero é", espetou Zenobia, falando por primeira vez, "Paréceche un pouco impropio que unha muller pelexa, non?"

Os seus tons aristocráticos eran inconfundibles e a súa expresión era moi altiva.

Evidentemente, era unha persoa que pasaba moito tempo menospreciando aos de menor rango ca ela.

"A loita e a agresión son, seguramente, o dominio dos homes? Non, claro", engadiu apresuradamente, "Pois pasa o mesmo cos paladíns... os seus votos póñenos por riba do guerreiro común. Pero para os soldados normais paréceme inadecuado".

"Na miña terra..." comezou Zogar, pero antes de que puidese rematar, o mozo borracho interveu bruscamente.

"Ai, tampouco teñen a Ymir en Zamora", dixo cun ton de evidente descontento na voz. "É tan aburrido. Todos os 'non podes facer isto' e 'non podes facer iso'... pregúntas como conseguen reproducirse. Se tes soldados, apenas necesitas paladíns! , se hai que, cos gardas. Polo menos, non molestarán a ninguén".

Todo o mundo se volveu para mirar para el, e en realidade parecía que Zogar era o máis enfadado do grupo, máis ofendido polos seus convidados que por eles mesmos.

Pero, sorprendentemente, foi Zenobia quen falou primeiro, mirando para o mozo.

"Non me estraña que entendas tan pouco a importancia da honra", dixo, "e creo que o viño está a subirche á cabeza, Yara. Non podo dicir realmente o que che pasou ultimamente, pero se a de Ymir está a pensar. adoración de ti Ofende tanto, quizais deberías buscar outro lugar para beber?

"Estou ben onde estou", dixo, os ollos fixos nos seus peitos e sen mirarlle a cara.

"Non, non creo", dixo o gardacostas, dando un paso adiante mentres o facía.

O seu acento era groso, moito máis forte que o de Zogar, pero conseguiu encher a frase monosilábica cun grao de ameaza.

"Ou que?" dixo Yara burlonamente. "Teño todo o dereito a estar onde quero".

O gardacostas deu un paso máis e Arthur comezou a dicir algo para tratar de calmar a situación.

Pero, nese momento, outro home achegouse e agarrou o brazo de Yara, murmurándolle algo ao oído.

O mozo mirouno e mirou arredor para protestar, pero o recén chegado parecía insistente e apartouno da mesa.

"Síntoo", dixo o home, "Asegurareime de que non che moleste de novo".

Yasimina recoñeceuno como un mago chamado Thulandra, alguén tamén do Colexio.

Quizais Conan e Valeria o coñecían.

De calquera xeito, pronto marcharon e puideron volver a unha conversa máis educada.

***

"Viches a Zenobia por algún lado?"

O interrogador era un nobre da mesma casa que a nova.

Un tío ou algo así, pensou Yasimina.

Ela confesou que levaba tempo sen ver ao aristócrata, aínda que xa estiveran falando antes.

"É moi irritante", continuou o nobre, "simplemente non o atopo por ningures..."

Yasimina suspirou.

"Podía mirar para ver se se está empolvando o nariz", ofreceu.

O home parecía estar bastante nervioso, aínda que ela non vía como podía haber un problema real, non aquí no palacio.

Polo que el sabía de Zenobia, era bastante independente, pero non era do tipo para facer nada desagradable ou parvo.

Dando escusas aos homes, dirixiuse aos corredores traseiros e pronto se convenceu de que a nobre desaparecida non estaba alí.

Estaba a piques de volver e contarlle o mesmo ao familiar, cando escoitou un choque nun corredor lateral.

Ninguén parecía estar alí, incluídos os gardas destinados para manter a xente fóra, xa que naturalmente había en moitas das zonas máis privadas.

Entón ela engurrou o ceño, de súpeto sospeitosa.

Deu uns pasos polo corredor, pero non había nada que ver, excepto portas que daban aos cuartos, algún que outro vaso ou outra decoración.

"Alguén alí?" ela berrou.

Esta vez non houbo ningún erro no son.

En resposta ao seu golpe, houbo un suspiro desde detrás dunha das portas.

Alguén estaba claramente angustiado.

Yasimina lanzou instintivamente a man á espada, antes de lembrar que, por suposto, non levaban armas no pazo.

Maldicindo en silencio, alcanzou a porta e intentou abrila.

Non se movía, pero a forma en que se movía suxeriu que non estaba bloqueado, senón que se empregara algún feitizo máxico para selalo.

Encontrara cousas así na súa carreira de aventureiro, e a forma sutil de fixar a porta ao marco era moi diferente á acción dunha simple pechadura.

Algúns sons de loita parecían escoitarse desde dentro, pero non máis palabras.

Resignándose á necesidade, Yasimina deu uns pasos atrás e cargou a porta cos ombreiros.

No segundo intento, abriuse para revelar unha pequena habitación máis aló, e a presenza de Zenobia e o mozo borracho de antes, Yara.

Había unha cadeira ao seu carón, evidentemente a fonte do son que escoitara antes.

Yara suxeitou á nobre contra unha parede, cunha man sobre a boca e a outra sostendo un brazo axitado.

As súas bragas estaban arredor dos nocellos e o vestido de Zenobia estaba rasgado na parte superior, deixando ao descuberto un peito espido.

O seu cabelo coidadosamente peiteado estaba agora despeinado, e pola súa expresión aterrorizada e as bágoas que comezaban a formarse nos seus ollos resultaba moi claro que era todo menos unha participante voluntaria no acto.

Afortunadamente, as súas saias aínda estaban no lugar, polo que Yara, obviamente, non chegara moi lonxe.

Volveuse para mirar a Yasimina cando ela entraba na habitación, coa cara deslumbrada e a súa erección sobresaíndo debaixo da camisa.

"Vas vir unirte a nós?" El dixo: " Es un pouco carnoso para min, pero tes unhas tetas bonitas, e creo que aínda podería facelo despois de follar a esta cadela".

O paladín deu un par de pasos pola habitación e golpeouno na cara co puño.

Yara caeu como unha pedra, pousando con forza contra o chan, mentres o seu pene se suavizaba rapidamente.

Zenobia retrocedeu, saloucando e intentando tapar a súa modestia coas pezas do seu vestido.

Meneando a cabeza para aclaralo, Yara intentou erguerse e mirou con rabia ao paladín, mentres o sangue comezaba a gotear do seu beizo.

"Como te atreves..." comezou, e nese instante Yasimina sentiuno.

Había unha presenza demoníaca aquí, algo que os poderes do seu paladín podían detectar.

Dalgunha maneira, Yara estaba posuída.

Quizais non o sentira antes porque a presenza daquela non era tan forte e activa, pero dubidaba que puidese ser algo que acababa de suceder.

Mentres estaba alí, os puños preparados por se tentaba outra cousa, os seus pensamentos volveron ao que Conan e Valeria descubriran.

Un aumento das posesións demoníacas na cidade. Estaba comezando agora?

Había unha conmoción detrás dela.

O seu pechazo da porta, evidentemente, alertara aos outros hóspedes, e agora comezaban a percorrer o pequeno corredor, curiosos e alarmados.

Cando se xuntaron na porta e miraron o cadro, houbo gritos de horror.

Dado o estado de Zenobia, non podía haber dúbidas sobre o que pasara, e parecía que ninguén cría as escusas que Yara comezaba a ofrecer aínda agora.

A influencia da familia de Zenobia aseguraría que fose un poseído preso.

Probablemente o demo desaparecería pronto, incapaz de cumprir os seus desexos desde unha cela da prisión.

Pero cantos máis habería alí fóra?

Cando os gardas do palacio entraron na sala para coller a Yara que protestaba, Yasimina viu a Thulandra no corredor detrás dos outros.

Parecía decepcionado.

Pero non, ela diría que parecía máis... sorprendido...

CAPÍTULO XII
CASSANDRA

A luz rosada do amencer apenas podía penetrar na grosa cortina que Cassandra puxera sobre a fiestra do seu apartamento dun cuarto.

Para ela, sempre que era posible, o día era un bo momento para durmir.

Tirou as finas sabas ao redor do seu corpo, apoiou a cabeza na almofada e pechou os ollos para ocultar a vista da pequena habitación.

Algún día, quizais, podería vivir nun lugar mellor, pero por agora este triste burato tería que facer.

Pasou aquí o pouco tempo que puido, usándoo só para durmir e lavar.

E por agora, despois dunha longa noite de actividade nocturna, o sono era todo o que necesitaba.

E o sono chegou axiña, envolvéndoa nos seus pacíficos brazos.

E pronto, Cassandra comezou a soñar...

A cidade estendeuse debaixo dela, as estrelas escintilando nun ceo nocturno arriba.

Parecía estar voando, unha brisa fresca arruinaba o seu cabelo mentres a cidade pasaba lentamente por abaixo.

Ela ía vestida de chea, decatouse, e non co camisón sen mangas que puxera na cama.

Había algo raro, non?

Antes de que o seu pensamento puidese seguir esa idea, notou outra cousa estraña: a cidade non estaba ben.

Algúns dos edificios eran diferentes, con menos pisos ou tellados máis novos.

De feito, máis vello parecía ser a palabra correcta... esta era a cidade como podería ser hai anos.

Cando, ela non tiña nin idea, pero supuxo que debía ser antes de nacer.

Que raro... e aínda agora parecía voar cara a un edificio en concreto, nunha parte medianamente acomodada da cidade, pero nada fóra do normal.

Ela axitaba os brazos, intentando moverse como o faría un paxaro, pero iso non fixo ningunha diferenza.

Continuou voando cara ao edificio coma se fose dirixido por algunha forza que non puidese controlar.

A casa estaba cada vez máis preto e ela esvaraba cara as rúas baleiras.

Unha parede sólida precipitouse cara a ela, e volveu intentar afastarse, pero non había nada que facer...

Pechou os ollos, tensándose polo impacto, pero o único que pasou foi que a brisa parou de súpeto.

Abriu de novo os ollos, e agora estaba dentro do que parecía ser un almacén, os pés caendo lentamente cara ao chan.

Sentiu a pedra fría baixo os dedos dos pés...

Non levaba botas un momento antes?

Ela non os levaba postos agora.

Mirando arredor, viu que o soto era grande e non estaba desocupado.

Contra unha parede había un conxunto de andeis cheos de volutas e botellas.

Tamén había unha mesa, cun gran candelabro encima.

As velas do candelabro iluminaban a habitación, aínda que a súa propia visión nocturna, habilitada por ser un medio demo, permitíalle ver máis do que a maioría dos humanos.

Unha zona do chan estaba cuberta cun gran colchón circular, cuberto con almofadas e sabas suaves.

Era o suficientemente grande para tres ou catro persoas, pensou.

Pero foi a muller a que chamou a súa atención inmediatamente.

Era loira, de pel pálida e non tiña máis de trinta anos.

Levaba un vestido branco, apenas máis que un slip, sen mangas e cortado nunha V baixa na parte dianteira, mostrando un escote amplo.

O dobladillo chegou ata a metade da coxa, reunido por un fino cordón negro arredor da súa cintura.

Non levaba máis que un colgante de ouro e verde ao pescozo, e estaba axeonllada no chan, mirando cara ao centro da habitación.

Ela parecía non ter nin idea de que Cassandra estaba alí, e o semi-demo tiña a clara impresión de que aínda que se movía, a muller non a vería nin a oiría.

O chan fronte á muller estaba espido e pintado cun gran círculo, decorado con runas.

Ao redor do círculo había cinco cuncas a intervalos regulares, cada unha chea cun pouco de líquido escuro.

Cassandra non vira un círculo de invocación antes, pero sabía o que era.

Decatouse de que a muller cantaba e no corazón do círculo comezaban a formarse zarcillos de fume.

Cassandra foi coller o seu coitelo, só para entender que non estaba alí.

Tamén faltaba a súa capa, aínda que, polo demais, estaba totalmente vestida.

Sentiu unha punzada de medo... algo estaba moi mal aquí.

O soño parecía demasiado vivo, demasiado estraño e diferente a ningún outro que tivera recentemente.

Espera... como soubo iso?

Poucas veces podía pensar tan claramente mentres soñaba ou darse conta de que isto era, en realidade, un soño.

Era como se estivese vendo algo, unha espectadora, pero non unha participante.

Non, isto non parecía un soño normal, e para iso non había explicación.

Os seus ollos permanecían fixos no fume que agora subía en cantidades crecentes do círculo.

Dalgunha maneira desapareceu antes de chegar ao teito, polo que a propia habitación non estaba chea de fume.

Pero, dentro do círculo, íase facendo máis denso e groso.

Ata que finalmente , unha figura xurdiu da nube, que axiña quedou en nada detrás dela.

A cousa era sen dúbida un demo.

Xeralmente tiña forma humana, máis do que oín falar de moitos.

A súa pel era vermella escuro, case brillante, e tiña unha longa cola negra e unhas ás en forma de morcego que brotaban dos seus ombreiros.

Viu que as patas eran escamosas e remataban en garras coma as dun paxaro.

O rostro do demo era cruel e barbudo, con longos cabelos negros nos ombreiros e cornos grandes curvados coma os dun carneiro.

Tiña uns ollos amarelos brillantes, con fendas escuras para as pupilas, coma os dun gato, pero non parecían máis capaces de vela que os da muller que o convocara.

O monstro ía pouco vestido, só un pano no corpo cun mandil curto que colgaba dun cinto feito con pezas de ferro, e dúas correas de coiro escuro que corrían en X no peito e nas costas.

Estas correas semellarían algo que podería albergar armas ou ferramentas, pero polo momento estaban baleiras.

O demo mirou ao seu redor, pero pronto pareceu perder o interese pola sala.

Os seus ollos amarelos centráronse na muller axeonllada ante el.

"Por que me convocaches?" rosmou cunha profunda voz de barítono.

Mentres falaba, escapáronselle un chorro de vapor e flexionou as súas garras mans, coma se anticipase algunha violencia.

Desarmada e en gran parte indefensa, Cassandra intentou avanzar cara a unha porta que podía ver no sótano, pero os seus pés parecían enraizados no lugar, incapaces de moverse nin un centímetro.

"A quen debo matar ou despedazar?" Continuou o demo, "sobre quen debo lanzar unha maldición? Ou me farás preguntas para fomentar o teu propio poder? Mandame, bruxa, e farei o que queiras".

Cassandra pensou que non parecía moi feliz coa perspectiva; Certamente odiaba ser escravo dos desexos dun humano.

"Non me importa nada diso", respondeu a muller, "polo menos agora non. Convoqueino para outro propósito".

"Entón, nomealo!" espetou a besta mentres os seus ollos brillaban.

"Debes quedar aquí e obedecerme ata a madrugada?" A criatura asentiu. "Ben. Entón usa ese tempo para foderme, para facerme correr unha e outra vez. Quero que me deas a mellor e máis longa foda da miña vida".

A expresión do demo cambiou mentres falaba.

Xa non parecía enfadado, senón ansioso, sorrindo amplamente para mostrar os dentes afiados e puntiagudos.

Deixou escapar un ruxido sen palabras desde o fondo da súa gorxa e cruzou o círculo cara á bruxa axeonllada.

"Podo facelo", dixo, mentres a muller alcanzou o seu cinto, desfacendo as correas que unían a súa escasa roupa.

Os poucos anacos de coiro caeron ao chan, polo que o demo quedou completamente espido.

O seu pene ríxido apuntaba cara á cara da muller.

Cassandra viu que as súas bólas eran grandes e peludas, e o seu pene tiña máis de oito polgadas de longo.

Aquel pene estaba acanalado, con protuberancias acanaladas ao longo da súa lonxitude, sen prepucio, cunha cabeza roxa escuro xa inchada e engullida, e un pouco máis puntiaguda que a dun humano.

A muller envolveu a súa man ao redor, acariñándoa arriba e abaixo, ao parecer saboreando a sensación das cristas.

Entón abriu a boca e tragouno, mamándoo todo o que puido.

Ela levantou unha man para tomar as bolas da criatura, acariñando e rascando coas uñas.

O demo botou a cabeza cara atrás, soltando un longo suspiro que provocou que máis zarcillos de vapor subisen ao aire do soto.

Cassandra descubriu que nin sequera podía dar a volta agora, e os seus ollos non podían pecharse nin deixar de mirar.

Non podía facer máis que ver como se desenvolvía ante ela o desenfreno.

Todo o asunto non tiña sentido.

A súa recente visita a Lady Gedren e, posteriormente, á casa coa muller ruidosa mantendo relacións sexuais, afectou dalgún xeito os seus pensamentos subconscientes?

Non o cría: o seu instinto dicíalle que aquí estaba a pasar outra cousa, e estaba frustrada porque non sabía o que era.

Por agora, con todo, o único que podía facer era mirar.

A misteriosa muller soltou o galo do demo e ergueuse.

A criatura era uns seis centímetros máis alta ca ela.

Mirouna, evidentemente gustándolle o que vía, e despois colleu un puñado do seu vestido feble.

Arrancouna do seu corpo nun só movemento brusco e tirouna de lado sen coidado.

A bruxa volveuse e deitouse boca arriba sobre o gran colchón, coas pernas abertas.

"¡Lámeme!" Ela dixo: "Eu mandoche".

Ao parecer, o demo non necesitaba ningunha orde para saír do círculo, xa que atravesou a sala, evidentemente xa non limitada, e axeonllouse xunto ao seu amante.

Abriu a boca, sacando unha lingua longa e bifurcada, e aproveitou para lamberlle a clavícula da muller, sobre o queixo e ata o nariz.

Mentres o facía, Cassandra sentiu un formigueo no seu propio rostro e unha repentina sensación de calor alí.

Era leve, nada como o que debería sentir a muller, pero non obstante, facíaa incómoda.

O soño, ao parecer, era aínda máis estraño.

O demo baixou as súas atencións, usando a súa longa lingua para babear sobre o peito e os peitos da muller, movendo a punta bifurcada contra os seus pezones e facéndoa xemer de pracer.

A sensación no corpo de Cassandra tamén se movía máis abaixo, e ela atopouse a retorcerse para tentar evitalo.

Foi todo en balde, e os seus pés descalzos permaneceron firmemente fixados no chan.

A lingua do demo atravesou o ventre da meiga, subindo pequenas bocanadas de vapor mentres o facía.

Cassandra supuxo que non podían estar tan quentes como parecían, aínda que seguramente debía ser máis quente que calquera alento humano.

Por fin, o demo acadou o seu premio, para mover, coa lingua, os beizos do coño da estraña muller, aínda que aínda se aferraba aos seus pezones, facéndoa retorcerse e virar as cadeiras.

A muller, fose quen fose, estaba claramente excitada, a cara ruborizada, mordíase alternativamente o beizo inferior e jadeando, producindo ocasionalmente un xemido abafado.

"Lambe, lambe...", dixo, e a criatura obedeceu.

A bruxa retorcíase contra as sabas mentres o demo sondaba a súa longa e escorregadiza lingua en cada fenda da súa coña e cú.

Estaba jadeando e xemendo forte agora, cando unha man alcanzou a cabeza do monstro, sentindo os seus cornos pesados.

A calor estendeuse entre as cadeiras de Cassandra e o formigueo tornouse sexual dun xeito que ela sabía que non ía suceder.

[Noutros lugares, no mundo vixiado, Cassandra daba voltas e voltas na súa cama, axitando as sabas, a suor comezaba a aparecer na súa fronte.]

A meiga berrou cando o seu primeiro orgasmo a alcanzou, as súas cadeiras sacudindo contra a cabeza do demo.

O estalido sexual que alcanzou a Cassandra foi menos intenso, moi lonxe do clímax, pero o suficiente para que se sentise mollada entre as pernas.

Ela maldiciuno en silencio, sospeitando que aínda non ía rematar.

O demo liberou ao seu amante e deitouse nas súas ancas.

"A túa lingua está bastante ben", dixo a bruxa, "pero que pasa co teu galo?"

O demo sorriu e levantou a muller polas cadeiras, de xeito que ela estaba apoiada sobre os seus brazos e ombreiros, coas pernas contra o seu peito.

"Fódeme", ordenou, "Fódeme agora".

Cun forte empuxe, o demo estaba dentro, e os dous amantes de súpeto berraban.

O demo comezou a bombear con forza, as nádegas bombeando e o rabo negro golpeando rítmicamente contra o colchón.

A muller envolveu as súas pernas ao redor das súas costas, forzando o gallo inchado e costelado no seu coño, berrando unha e outra vez.

Ela agarrou un dos seus pezones, apretándoo, e o demo tomou a pista, usando as súas propias garras para masajear os seus peitos mentres seguía fodendo.

A sensación de formigueo estendeuse agora e Cassandra non podía facer nada para detelo.

Non foi abrumador, non podía facer nada parecido ao que parecía que o galo duro e demoníaco estaba a facerlle evidentemente á muller misteriosa, pero non había forma de ignoralo.

A pesar da súa herdanza, non tiña inclinación cara aos demos, polo que algunha forza externa seguramente debe ser responsable do que lle estaba a pasar.

Pero que e como?

[No mundo esperto, Cassandra retorcíase baixo as mantas, dándoas patadas mentres se fregaba contra o seu camisón, lixeiros xemidos de angustia pasando polos seus beizos. Pero non había ninguén preto para escoitalos.]

Cassandra decatouse abraiada de que, no soño, as súas pezas de coiro seguiran o camiño das súas botas e da capa.

Agora ía vestida co seu camisón, un calzón de manga curta que lle chegaba xusto por riba dos xeonllos.

O aire quente da habitación, quentado pola paixón e a calor do ser infernal, rozaba agora os seus becerros e brazos espidos.

A meiga berrou no seu segundo clímax da noite, pero o demo non rematou e continuou bombeando.

Os seus empuxes foron máis rápidos agora, a súa respiración máis laboriosa.

Cassandra puido ver como os seus ollos comezaban a brillar, brillando cunha luz interior amarela, mentres a alegría se espallaba polo seu rostro.

"Sacao!" ordenou de súpeto a muller.

Cun gruñido enfadado, o demo fíxoo, incapaz de resistir as ordes do seu amante no que debeu ser todo o contrario do que el desexaba facer.

A muller, aínda apoiada nas súas cadeiras, tendeu a man para apertar a cabeza do seu membro, fregando e xogando con ela.

O demo ruxiu cando veu, os seus ollos brillando antes de esvaecer a súa cor habitual.

O fluxo de esperma disparouse e pulverizaron os peitos da súa parella, unha vez, e despois unha segunda.

Mesmo despois diso, gotas de líquido branco aínda goteaban da punta, salpicando a súa barriga; Seguramente producira máis que calquera home humano, e tamén a pulverizaba máis.

Cassandra estaba polo menos contenta de que acabara e de que a sensación xa esvaese do seu corpo.

Ela masturbábase ás veces, por suposto, e non era allea aos sentimentos sexuais.

Pero isto viñera de fóra... non precisamente unha violación, senón unha intrusión non desexada de todos os xeitos.

Mentres tanto, o demo miraba á muller, mentres as pingas e chorros do seu seme aínda adornaban o seu corpo quente e suado.

"Cres que son ignorante?" preguntou a muller. "É moito máis probable que unha carreira demoníaca acabe no embarazo que unha cunha parella humana. E non teño ningunha intención de traer un medio demo a este mundo".

Entón, a muller tiña mellor sentido común que a súa propia bisavoa, pensou Cassandra con ironía.

Pero o soño, por desgraza, non daba sinais de rematar.

A muller afastouse do abrazo do demo e tendeu a man para coller o seu pene, que só estaba un pouco menos erguido que antes.

"Por suposto, aínda podo facer... isto", dixo, chupándoo unha vez máis e lambendo as últimas gotas de semen da punta. "Mmm... un pouco picante. Mia, a ver se che gusta?" engadiu ela, soltándoo e presentándolle os seus peitos salpicados de semen á súa lingua de espera.

Cando acabou de lamberlle todo o semen, ela rodou cara á fronte, poñendo as súas cadeiras ao aire e estendendo os beizos do seu coño.

"Estou listo de novo, e estou segura de que ti tamén", díxolle ela.

A muller xemeu cando o demo entrou de novo nela e fregaba os seus peitos contra as sabas de seda.

Cassandra aínda non tiña nin idea de quen era nin por que estaba vendo esta escena.

Seguramente tiña que haber un punto nalgún lugar, pero ata agora non había indicios de cal podería ser.

O demo deslizou a man polas costas da meiga, rascándoa levemente coas súas longas uñas.

Moveu a man lentamente cara á súa cabeza, premendo a súa boca contra unha almofada, aínda que lle permitiu respirar.

Desde a almofada saían berros abafados de pracer mentres o demo apertaba suavemente o seu pescozo e, lentamente, esvarou o seu pene costelado dentro e fóra do seu coño.

[Agora Cassandra case botara as sabas da cama, a cabeza dando voltas cara atrás e cara atrás no seu sono, o camisón pegado ao seu corpo suado.]

Os ollos do demo comezaron a brillar, pero a muller, dende a súa posición, non podía velos.

Non importaba, porque o demo rosmou: "Casi estou aí..." botando outra bocanada de vapor da súa boca.

Os ollos da muller abriron de par en par, e ela loitou, intentando berrar algo.

Pero a súa boca aínda estaba firmemente presionada contra a almofada, e nada máis que sons abafados saían.

O demo sorriu máis que nunca mentres os seus empuxes facíanse cada vez máis contundentes.

"Aquí vén..." rosmou a criatura, antes de soltar un berro de triunfo e soltar a cabeza da meiga mentres entraba no seu coño.

Quizais o pánico temporal aumentara a súa excitación, porque evidentemente a meiga chegou ao clímax ao mesmo tempo que a súa compañeira infernal.

O demo continuou suxeitandoa, aparentemente disparándolle carga tras carga, mentres os dous corpos tremían coa forza da súa paixón.

Finalmente, o demo retirouse.

Os cadros da muller estaban empantanados co seu semen pegajoso mentres ela se deu a volta para enfrontarse ao seu rostro malvado e sorriso.

"Cabrón..." conseguiu dicir, xusto antes de que o demo viñese por última vez, esta vez disparándolle directamente na cara.

O demo comezou a rir, cun profundo estrondo grave.

"Pensaste que podías enganarme?" deixar . "Darás a luz un medio demo e serás a nai dunha liña deles. E un realizará un gran acto algún día, para promover os poderes do Inferno".

A realización golpeou a Cassandra con toda a forza.

Agora sabía o que era... aínda que non por que lle ensinaran isto, nin como.

Pero ela xa sabía quen era a muller, e a idea deixouna fría.

"Quizais debería ir agora", dixo o demo.

A muller limpou as gotas das súas meixelas e chupaba distraídamente o dedo pegajoso.

A súa rabia xa parecía esmorecer.

"Non", dixo, cun medio sorriso torcendo os beizos, "estas aquí ata a madrugada, e o feito está feito. Tamén quero aproveitar o valor da miña invocación mentres teño tempo. Só tes fíxome vir tres veces." ... Estou seguro de que podes facerme correr máis veces".

Afortunadamente, a escena desapareceu entón.

A sala cambiou a outra moito máis pequena.

Nel había un berce, cun bebé.

Un bebé con cornos e rabo, e con pequenas ás de morcego.

Noutra habitación, un mozo delgado estaba encadeado a unha cama, que non levaba máis que farrapos.

Non tardou moito en recoñecelo como o bebé adulto.

Non parecía feliz.

No mesmo cuarto de novo, o home de antes estaba forzando a unha muller, fodendo con urxencia por detrás.

Era imposible dicir o disposto que estaba a muller, pola breve ollada.

Polo menos, ela non parecía chorar.

Outra habitación, e outro bebé, este menos demoníaco que o seu pai, aínda que os seus ollos eran vermellos e os cornos aínda visibles.

Desde debaixo do chan saíu o son dun latexo xigantesco.

Había algo alí, decatouse... algo debaixo da cidade.

Algo agardando, con moita paciencia.

E entón alguén que recoñeceu, alguén que coñecera e que espera ver.

Foi o segundo bebé que creceu; o seu propio pai, segundo o lembraba, petaba o puño contra unha mesa e berraba furiosamente por algo ou outro.

Nalgún lugar da esquina, unha nena de cinco anos estaba sentada cos brazos arredor dos xeonllos e miraba tristemente para o chan.

Unha nena de ollos granates e cornos diminutos.

E entón espertou, sentada na cama.

Ela sabía que querían que fixera algo e, por iso, lembráronlle a súa herdanza.

Pero o que querían, nin sequera o que tiña que facer, aínda non o sabía.

Pero tiña a sensación de que o descubriría moi pronto.

O CONTO SEGUIRÁ EN:
CONAN O BÁRBAR
CUARTA PARTE

www.ingramcontent.com/pod-product-compliance
Lightning Source LLC
LaVergne TN
LVHW101953220826
846093LV00006B/200
9798223054702